Sir Arthur Conan Doyle
SHERLOCK HOLMES

ILUSTRADO

Dados Internacionais de Catalogação na Publicação (CIP) de acordo com ISBD

D754l	Doyle, Arthur Conan
	A liga dos cabeças vermelhas / Arthur Conan Doyle ; ilustrado por Arianna Bellucci ; adaptado por Stephanie Baudet ; traduzido por Monique D'Orazio. - Jandira, SP : Ciranda Cultural, 2023.
	120 p. ; il ; 13,20cm x 20,00cm. - (Sherlock Holmes ilustrado).
	ISBN: 978-85-380-9620-7
	1. Literatura inglesa. 2. Aventura. 3. Detetive. 4. Mistério. 5. Suspense. I. Bellucci, Arianna. II. Baudet, Stephanie. III. D'Ozaio, Monique. IV. Título. V. Série.
	CDD 823.91
2022-0999	CDU 821.111-3

Elaborado por Lucio Feitosa - CRB-8/8803

Índice para catálogo sistemático:
Literatura inglesa 823.91
Literatura inglesa 821.111-3

Copyright: © Sweet Cherry Publishing [2019]
Adaptado por Stephanie Baudet
Licenciadora: Sweet Cherry Publishing United Kingdom [2021]

Título original: *The Red-Headed League*
Baseado na obra original de Sir Arthur Conan Doyle
Capa: Arianna Bellucci e Rhiannon Izard
Ilustrações: Arianna Bellucci

© 2023 desta edição:
Ciranda Cultural Editora e Distribuidora Ltda.
Tradução: Monique D'Orazio
Preparação: Paloma Blanca Alves Barbieri
Revisão: Karine Ribeiro

1ª Edição em 2023
www.cirandacultural.com.br
Todos os direitos reservados. Nenhuma parte desta publicação pode ser reproduzida, arquivada em sistema de busca ou transmitida por qualquer meio, seja ele eletrônico, fotocópia, gravação ou outros, sem prévia autorização do detentor dos direitos, e não pode circular encadernada ou encapada de maneira distinta daquela em que foi publicada, ou sem que as mesmas condições sejam impostas aos compradores subsequentes.

SHERLOCK HOLMES ILUSTRADO

A LIGA DOS CABEÇAS VERMELHAS

Ciranda Cultural

Capítulo um

Certo dia, no outono, visitei meu amigo Sherlock Holmes em nosso antigo apartamento na Baker Street. Desde meu casamento, não nos víamos muito. Ele estava frequentemente envolvido em algum caso, enquanto eu estava ocupado organizando meu consultório médico. Apesar de eu estar feliz com Mary, descobri que sentia falta

dos dias de emoção com Holmes.
Já que ele muitas vezes se esquecia
até mesmo de comer quando estava
no meio da investigação de algum
caso, certamente não se lembraria de
manter contato com seus conhecidos.
Sendo assim, a única maneira de eu
saber o que ele andava fazendo era
lhe fazendo uma visita.

Ao entrar no escritório que eu já
havia compartilhado com Holmes,
fiquei surpreso ao ver como estava
tudo limpo e organizado. A senhora
Hudson estava cuidando dele
claramente; afinal, eu não conseguia

imaginar que o detetive achasse importante manter seus aposentos limpos.

Eu o encontrei compenetrado em uma conversa com um cavalheiro idoso e muito corpulento, com cabelos ruivos flamejantes. Pedi desculpas pelo incômodo e estava prestes a sair quando Holmes me puxou para dentro da sala e fechou a porta.

Sir Arthur Conan Doyle

– Você não poderia ter vindo em melhor hora, meu caro Watson – disse ele, calorosamente, e. logo se virou para o cavalheiro.

– Senhor Wilson, posso lhe apresentar o doutor Watson? Ele tem sido meu parceiro e ajudante em muitos dos meus casos de maior sucesso, e não tenho dúvidas de que ele será de extrema utilidade no seu caso.

A liga dos cabeça vermelhas

O cavalheiro robusto se levantou parcialmente da cadeira e fez um aceno com a cabeça em saudação. Ele me lançou um breve olhar questionador, mas pareceu convencido com a introdução de Holmes a meu respeito e retomou seu assento.

Sentei no sofá e esperei que o mistério que esse homem tivesse trazido para Holmes se revelasse.

Holmes juntou as pontas dos dedos, como costumava fazer quando estava perdido em pensamentos.

– Eu sei, meu caro Watson, que você compartilha meu amor por todos esses eventos que escapam a rotina monótona da vida cotidiana. Você demonstrou tal prazer ao relatá-los ansiosamente, embelezando tantas de minhas pequenas aventuras.

– Seus casos realmente foram do maior interesse para mim – afirmei com sinceridade.

– Você deve se lembrar quando eu disse outro dia que a vida costuma ser mais estranha do que qualquer coisa que a imaginação possa conjurar.

– E eu duvidei.

A liga dos cabeça vermelhas

– Sim, doutor. Mesmo assim, você deve aceitar minha opinião; caso contrário, continuarei jogando fatos em cima de você até que concorde que estou certo. Bem, o senhor Jabez Wilson aqui fez a gentileza de me visitar esta manhã para contar uma história que promete ser uma das mais estranhas que já ouvi em muito tempo. Você já me ouviu dizer que as coisas mais estranhas e incomuns muitas vezes estão relacionadas a crimes menores. Às vezes, até existe certa dúvida se um crime sequer foi cometido.

"Pelo que eu ouvi, é difícil dizer se o presente caso é um crime ou não. Talvez o senhor Wilson possa fazer a enorme gentileza de começar sua história novamente. Eu peço não apenas porque meu amigo, o doutor Watson, não a ouviu, mas porque é tão estranha que estou ansioso para ouvir todos os detalhes outra vez. Geralmente, sou capaz de me orientar pelos milhares de outros casos semelhantes que já investiguei, mas os fatos nesse caso específico parecem ser incomuns."

O corpulento cliente estufou o peito com orgulho e puxou um jornal

A liga dos cabeça vermelhas

sujo e amassado do bolso interno do sobretudo. Enquanto ele inclinava a cabeça para a frente ao mesmo tempo em que alisava o jornal sobre seus joelhos, dei uma boa olhada no homem e tentei, como Holmes faria, compreender o caráter do senhor

Sir Arthur Conan Doyle

Wilson considerando sua aparência. Apesar disso, não consegui extrair muita informação. Nosso visitante parecia um comerciante britânico comum. Ele usava uma calça xadrez cinza um tanto folgada, uma sobrecasaca preta não muito limpa e desabotoada na frente, além de um colete pardo com uma corrente e um pedaço de metal quadrado pendurado como um ornamento. Uma cartola puída e um sobretudo marrom desbotado com gola de veludo enrugada estavam sobre uma cadeira ao lado dele. No geral, não havia nada de notável no

A liga dos cabeça vermelhas

homem, exceto por seu cabelo ruivo chamejante e a expressão de extrema irritação em seu rosto.

Notando o que eu estava fazendo, Holmes balançou a cabeça com um sorriso.

– Além dos fatos óbvios de que em algum momento o senhor fez trabalho manual, de que é maçom, de que esteve na China e de que escreveu uma quantidade considerável de artigos ultimamente, não posso deduzir mais nada.

Capítulo dois

O senhor Jabez Wilson estava sentado em sua cadeira com o dedo indicador sobre o papel, mas mantendo os olhos fixos no meu companheiro.

– Como o senhor sabe disso, senhor Holmes? – perguntou ele.
– Como sabe, por exemplo, que eu fazia trabalho manual? O que está certo, por sinal; comecei como um carpinteiro de navio.

A liga dos cabeça vermelhas

– Suas mãos, meu caro senhor. Sua mão direita é quase um número maior que a esquerda. O senhor trabalhou com ela, e os músculos estão mais desenvolvidos.

– Bem, e quanto à maçonaria? – o homem ainda perguntou.

– Contrariando as regras estritas de sua ordem, o senhor usa broche de bússola.

– Ah, claro, mas e quanto à escrita?

– Parte do seu punho direito é limpa e brilhante, enquanto no braço esquerdo tem uma pequena mancha perto do cotovelo, pois o senhor o apoia sobre a mesa.

– Muito bem, e quanto à China?

– O peixe que o senhor tatuou logo acima do pulso direito só poderia ter sido feito na China. Fiz um pequeno estudo sobre tatuagens e escrevi sobre o assunto. Esse truque de tingir as escamas do peixe com um tom rosa delicado é peculiar à China. Além disso, vejo uma moeda chinesa pendurada em sua corrente de relógio, o que torna ainda mais fácil minha dedução.

O senhor Jabez Wilson riu.

– Bem – disse ele. – A princípio, eu pensei que o senhor tinha feito algo

A liga dos cabeça vermelhas

extraordinário, mas vejo que sua dedução foi puramente lógica, afinal.

– Começo a pensar, Watson – disse Holmes, franzindo a testa –, que cometi um erro ao explicar meu raciocínio. Isso fará pouco pela minha reputação. Não consegue localizar o anúncio, senhor Wilson?

– Encontrei, sim – respondeu o homem, com seu dedo grosso e vermelho plantado na metade de uma coluna em uma das páginas do jornal. – Aqui está. Foi aqui que tudo começou. O senhor deve ler por si mesmo.

Sir Arthur Conan Doyle

Peguei o papel dele e comecei a ler.

> De acordo com o testamento deixado por Ezekiah Hopkins da Pensilvânia, EUA, a Liga dos Cabeças Vermelhas está procurando um novo integrante para ajudar com tarefas simples. O salário para o cargo é de quatro libras semanais. Todos os homens ruivos com boa saúde e maiores de 21 anos serão considerados para a função. Inscreva-se pessoalmente com Duncan Ross, na segunda-feira, às onze horas, no escritório da liga, em Pope's Court, 7, Fleet Street.

– Mas o que isso significa? – exclamei depois de ter lido o anúncio incomum duas vezes.

Holmes riu e se contorceu na cadeira.

A liga dos cabeça vermelhas

— É realmente curioso, não é? — disse ele. — E agora, senhor Wilson, conte-nos sobre o senhor, sua família e o efeito que esse anúncio teve sobre vocês. Primeiro, faça uma anotação, doutor, do jornal e da data.

— É o *Morning Chronicle*, de 27 de julho de 1890. Apenas dois meses atrás.

— Muito bom. E então, senhor Wilson?

— Bem, é exatamente como eu lhe disse, senhor Sherlock Holmes — explicou Jabez Wilson, enxugando a testa. — Tenho uma pequena loja de penhores na Saxe-Coburg Square, perto do centro da cidade. Não é um estabelecimento muito grande e, nos últimos anos, tem servido apenas para prover um mínimo sustento. Eu costumava ter dois assistentes, mas agora tenho apenas um. Eu poderia pagar um salário completo para ele, mas ele está disposto a vir pela metade do salário para aprender o ofício.

– Qual é o nome desse jovem tão prestativo? – perguntou Holmes.

– O nome dele é Vincent Spaulding

A liga dos cabeça vermelhas

e ele também não é tão jovem.

É difícil dizer sua idade. Eu não poderia desejar um assistente mais inteligente, senhor Holmes, e sei muito bem que ele poderia se sair melhor e ganhar o dobro do que posso lhe pagar. Mas, afinal, se ele está satisfeito, por que eu deveria colocar ideias na cabeça dele?

– Por que, não é mesmo? O senhor tem sorte de ter um funcionário que custa abaixo do preço de mercado. Não é algo comum. Seu assistente parece tão notável quanto seu anúncio.

Eu tinha que concordar. Não poderia haver muitos empregadores com a sorte de contratar um assistente disposto a trabalhar por tão pouco.

– Oh, ele também tem seus defeitos – disse o senhor Wilson. – Nunca vi um sujeito mais apaixonado por fotografia. Ele fica tirando fotos aleatórias com uma câmera quando deveria estar ocupando sua mente, e costuma correr para o porão como um coelho em sua toca para revelá-las. Essa é a sua principal falha. No geral, ele é um bom trabalhador. Não tem vícios.

A liga dos cabeça vermelhas

– Ele ainda está com senhor, eu presumo?

– Sim, senhor. Ele e uma menina de catorze anos, que cozinha pratos simples e mantém o lugar limpo. É tudo o que tenho em casa, pois perdi minha esposa há muitos anos e nunca tivemos família. Vivemos com tranquilidade, senhor, nós três, e mantemos um teto sobre nossas cabeças e pagamos nossas dívidas.

Ele continuou:

– Foi esse anúncio que começou a confusão. Spaulding desceu ao escritório há apenas oito semanas, com este mesmo jornal em mãos, e disse: "Gostaria que Deus tivesse me feito ruivo, senhor Wilson".

"'Por quê?', eu perguntei."

"'Ora', disse ele, 'aqui está outra vaga para a Liga dos Cabeças Vermelhas. Vale uma pequena fortuna para qualquer homem que a consiga, e ouvi dizer que há mais empregos do que homens para preenchê-las. Se meu cabelo apenas mudasse de cor... Aqui está um empreguinho bom e perfeito para mim'."

Wilson olhou para meu companheiro com seriedade.

A liga dos cabeça vermelhas

– Veja só, senhor Holmes, eu sou um homem caseiro. Não preciso sair à procura de clientes; eles vêm até mim. Eu conduzo meus negócios em casa, então, muitas vezes, há semanas a fio em que não saio. Nem

sempre sei o que anda acontecendo por aí, por isso fiquei feliz em receber algumas novidades. Perguntei ao meu assistente o que era essa liga.

"'O senhor nunca ouviu falar da Liga dos Cabeças Vermelhas?', Spaulding me perguntou, e eu disse que não. Ele ficou chocado, mas, como eu disse, é muito fácil eu ficar sem saber das novidades."

"'Mas o senhor se encaixa em uma das vagas', disse ele. Perguntei quanto pagavam, e Spaulding respondeu que algumas centenas de libras por ano, e que o trabalho era muito simples e não precisava

A liga dos cabeça vermelhas

interferir na minha outra ocupação. Bem, isso me fez aguçar os ouvidos, pois algumas centenas extras de libras seriam muito úteis, principalmente porque os negócios estão muito lentos há vários anos."

Com isso, o senhor Wilson interrompeu sua narrativa e olhou para mim e Holmes, como se procurasse concordância ou compreensão.

Holmes acenou com a cabeça.

– Por favor, continue.

Nosso cliente tossiu e franziu a testa ao se lembrar da conversa.

– Eu pedi a ele para me contar tudo sobre a liga.

Sir Arthur Conan Doyle

"'Bem', disse Spaulding, 'pelo que sei, a liga foi fundada por um milionário americano, Ezekiah Hopkins, que era muito peculiar em seus modos. Ele também era ruivo e desejava dar a todos os homens ruivos as mesmas oportunidades de que desfrutara. Quando morreu, deixou sua enorme fortuna nas mãos de administradores, com instruções de usar o dinheiro em benefício de homens cujos cabelos fossem dessa cor'."

"'Mas', disse eu, 'milhões

A liga dos cabeça vermelhas

de homens ruivos tentariam se candidatar.'"

"'Não tantos quanto o senhor imagina', disse Spaulding. 'Veja, o trabalho é limitado a londrinos e a homens adultos. Hopkins nasceu em Londres e queria pagar uma dívida que sentia que devia à cidade. Por outro lado, ouvi dizer que não adianta se candidatar se o seu cabelo não for de um vermelho bem forte, brilhante e flamejante. Se o senhor quisesse se inscrever, com certeza poderia entrar direto. Mas talvez não valesse a pena por causa de algumas centenas de libras.'"

Capítulo três

– Muito bem, senhores – disse Wilson –, os senhores podem ver que meu cabelo é da cor que Spaulding descreveu, então me pareceu que eu teria ótimas chances. Vincent Spaulding parecia saber tanto a respeito da liga que achei que ele poderia ser útil. Por isso, pedi que fechasse as venezianas para encerrar o expediente daquele dia e viesse

A liga dos cabeça vermelhas

imediatamente comigo. Ele estava muito disposto a ganhar um dia de folga, de modo que logo partimos para o endereço que constava no anúncio.

"Espero nunca mais ver uma visão daquelas, senhor Holmes. Todos os homens que tinham um tom de ruivo no cabelo responderam ao anúncio. Eu não imaginei que havia tantos no país, e que todos estariam reunidos por aquela única vaga. Quando vi quantos homens estavam esperando, quis desistir em desespero, mas Spaulding me impediu. Como ele conseguiu, eu não sei, mas ele empurrou e foi forçando passagem pela multidão até conseguir subir os

A liga dos cabeça vermelhas

degraus que levavam ao escritório indicado no anúncio.

"Havia um fluxo duplo na escada: uma fileira de homens subindo com esperanças de conseguir o emprego, e outra de sujeitos decepcionados, que tinham sido rejeitados. Logo estávamos no escritório."

– Sua história está de fato interessante até agora – Holmes disse de modo encorajador, fazendo algumas anotações no punho de sua camisa.

– Não havia nada no escritório além de algumas cadeiras de madeira e uma mesa, atrás da qual estava sentado um homenzinho de cabelos ainda mais vermelhos do que os meus. Ele dizia algumas palavras aos candidatos à medida que surgiam e, então, conseguia encontrar alguma falha que os desqualificava. Tudo indicava que conseguir o emprego não seria uma tarefa fácil. No entanto, quando chegou a nossa vez, o homenzinho foi mais amigável comigo do que com qualquer um dos outros. Ele até fechou a porta quando entramos, para que pudesse dar uma palavrinha em particular conosco.

"'Este é o senhor Jabez Wilson', disse meu assistente, 'e ele está

A liga dos cabeça vermelhas

disposto a preencher uma vaga na liga.'"

"'Logo vejo que ele é bem adequado para ela', respondeu o entrevistador, 'pois tem todos os requisitos. Não me lembro de ter visto alguém tão indicado para a vaga'. O homem deu um passo para trás, inclinou a cabeça para o lado e olhou para o meu cabelo até que me senti bastante envergonhado. Então, de repente, ele deu um passo à frente, apertou minha mão e me parabenizou calorosamente pelo meu sucesso."

"'O senhor vai, tenho certeza, fazer a gentileza de permitir que eu tome

Sir Arthur Conan Doyle

uma precaução, disse ele. Dito isso, o homem agarrou meu cabelo com as duas mãos e o puxou até que eu gritei de dor. 'Temos que ter cuidado, pois já fomos enganados duas vezes, uma por perucas e outra por tinta'. Em seguida, o homem foi até a janela aberta e gritou com toda a força que a vaga havia sido preenchida. Um gemido de decepção veio de baixo, e todo o povo se afastou em diferentes direções até

A liga dos cabeça vermelhas

que não houvesse uma única cabeça ruiva à vista, exceto a minha e a do gerente."

"'Meu nome', disse ele, 'é senhor Duncan Ross, e eu sou um dos administradores do fundo criado por Ezekiah Hopkins. Quando o senhor poderá começar suas novas funções?'"

"'Bem, é um pouco complicado', disse eu, 'pois já tenho um negócio próprio.'"

"'Oh, não se preocupe com isso, senhor Wilson', disse Vincent Spaulding. 'Posso cuidar da loja para o senhor.'"

"'Qual seria o horário de trabalho?', perguntei."

"'Das dez às duas'."

"Bem, o negócio de uma casa de penhores é conduzido principalmente à noite, senhor Holmes, em especial às quintas e sextas, que é um pouco antes do dia do pagamento, então seria muito bom para mim ganhar um pouco pela manhã. Além disso, eu sabia que meu assistente era um bom homem e que cuidaria de tudo o que precisasse. Assim, eu disse que aquele horário seria adequado para mim e perguntei sobre o pagamento.

"'Quatro libras por semana'."

"'E o trabalho?'"

"'É muito fácil. Existe apenas uma condição: o senhor está

A liga dos cabeça vermelhas

absolutamente proibido de deixar o escritório por qualquer motivo durante o horário informado. Se sair, perderá seu cargo para sempre.'"

"'São apenas quatro horas por dia, então não devo pensar em sair', disse eu. 'Nenhuma desculpa será aceita', respondeu Duncan Ross, 'nem doença, nem negócios, nem qualquer outra coisa.'"

"'E o trabalho?'"

"'É copiar a *Enciclopédia Britânica*. O primeiro volume está naquela prateleira. O senhor deve providenciar sua própria tinta, penas

e mata-borrão, mas nós fornecemos esta mesa e cadeira. O senhor pode começar amanhã?'"

"'Certamente', respondi. 'Então, adeus, senhor Jabez Wilson, e deixe-me parabenizá-lo mais uma vez pela importante posição que você acabou de ganhar'. Ele me levou até a saída da sala e fui para casa com meu assistente. Eu mal sabia o que dizer ou fazer, mas estava muito feliz com minha própria sorte."

"Bem, eu pensei sobre o assunto o dia todo, e, à noite, fiquei desanimado novamente. Convenci-me de que todo o caso devia ser uma grande farsa ou fraude, embora não pudesse

A liga dos cabeça vermelhas

imaginar qual seria o propósito. Parecia inacreditável que alguém pudesse fazer tal testamento ou que fosse pagar tamanha quantia para uma tarefa tão simples como copiar a *Enciclopédia Britânica*. Vincent Spaulding fez o que pôde para me animar, mas na hora de dormir eu já tinha desistido de tudo."

Capítulo quatro

Wilson fez uma nova pausa. Eu podia entender bem suas dúvidas. A coisa toda parecia não ter propósito algum. Olhei para Holmes, mas não consegui ler sua expressão. Ele se manteve muito quieto ao longo da história e, embora parecesse distante em pensamentos, eu sabia que estava ouvindo atentamente.

A liga dos cabeça vermelhas

O senhor Wilson continuou:

– De manhã, decidi ir ao escritório, então comprei um frasco baratinho de tinta, uma pequena pena e sete folhas de papel. Em seguida, parti para Pope's Court.

"Para minha surpresa e deleite, tudo estava em perfeita ordem quando cheguei ao escritório. A mesa estava preparada para mim e o senhor Duncan Ross estava lá para se certificar de que eu tinha ido trabalhar. Ele me orientou a começar com a letra "A" e depois me deixou, mas aparecia de vez em quando para ver se estava tudo bem comigo. Às duas horas, ele retornou, cumprimentou-me pela quantidade que havia escrito e trancou a porta do escritório atrás de mim."

"Isso continuou dia após dia, senhor Holmes, e no sábado, o gerente entrou e largou na mesa quatro moedas de ouro pelo meu trabalho da semana. Foi a mesma coisa na semana seguinte e na

A liga dos cabeça vermelhas

outra. Eu começava o serviço todo dia às dez e finalizava às duas. Gradualmente, o senhor Duncan Ross começou a vir apenas uma vez pela manhã e, depois de um tempo, ele não apareceu mais. Mesmo assim, é claro, nunca ousei sair da sala nem por um instante, pois não tinha certeza de quando ele poderia vir. Além disso, o trabalho era tão bom, que eu não podia arriscar perdê-lo."

"Oito semanas se passaram e eu tinha escrito sobre Abades, Armadura, Arqueria, Arquitetura

Sir Arthur Conan Doyle

e Ática, então eu esperava poder chegar ao B em pouco tempo. Gastei certo dinheiro com papel e quase enchi uma estante com meus escritos. De repente, tudo acabou."

– Acabou?

– Sim, senhor. E apenas esta manhã. Voltei para o meu trabalho como de costume às dez horas, mas a porta estava fechada e trancada, com um pequeno quadrado de papelão pregado nela. Aqui está, e o senhor pode ler por si mesmo.

Ele ergueu um pedaço de papelão branco.

A liga dos cabeça vermelhas

A Liga dos Cabeças

Vermelhas foi dissolvida

9 de outubro de 1890.

Holmes e eu olhamos para o bilhete curto e para o rosto triste logo atrás dele; então, nós dois caímos na gargalhada.

Capítulo cinco

– Não vejo nada de engraçado – disse nosso cliente, seu rosto ficando tão vermelho quanto o cabelo. – Se não podem fazer nada além de rir de mim, então irei embora.

– Não, não! – exclamou Holmes, empurrando-o de volta para a cadeira da qual ele tinha se levantado parcialmente. – Eu realmente não perderia seu caso

A liga dos cabeça vermelhas

por nada neste mundo. É muito incomum. Mas, se o senhor me permite, há algo um pouco engraçado nisso tudo. O que fez quando encontrou o aviso na porta?

– Eu fiquei pasmo, senhor. Eu não sabia o que fazer. Visitei os escritórios próximos, mas ninguém sabia de

nada a respeito. Por fim, fui até o senhorio, que mora no andar térreo, e perguntei se ele sabia o que havia acontecido com a Liga dos Cabeças Vermelhas. O senhorio disse que nunca tinha ouvido falar deles nem do senhor Duncan Ross. Como achei que ele poderia não o conhecer pelo nome, eu disse: 'O homem do número 4'.

"'O quê, o homem ruivo?', ele perguntou. 'O nome dele era William Morris. Ele era um advogado e estava usando a sala temporariamente até que suas novas instalações estivessem prontas. Ele se mudou ontem'."

"Eu perguntei se ele sabia onde eu poderia encontrá-lo."

A liga dos cabeça vermelhas

"'Em seus novos escritórios: King Edward Street, 17, perto da catedral de St. Paul', ele me disse."

"Eu fui lá, senhor Holmes, mas era uma fábrica que fazia rótulas artificiais e ninguém nunca tinha ouvido falar do senhor William Morris ou Duncan Ross."

Tal situação quase me fez rir de novo, mas me contive bem a tempo.

— E o que o senhor fez então? — perguntou Holmes, lutando para manter o rosto sério.

Sir Arthur Conan Doyle

– Fui para casa na Saxe-Coburg Square e pedi o conselho do meu assistente, o que não ajudou muito. Ele sugeriu que eu esperasse uma resposta pelo correio, mas isso não bastava, senhor Holmes. Eu não queria perder esse emprego sem lutar, então, como eu soube que o senhor era bom o suficiente para dar conselhos aos pobres necessitados, vim imediatamente até o senhor.

– E o senhor fez bem – disse Holmes. – Seu caso é muito notável e ficarei feliz em analisá-lo. Pelo que o senhor me contou, acho que isso é mais sério do que parece.

A liga dos cabeça vermelhas

– Bastante sério – disse ele –, pois perdi quatro libras por semana.

– Não vejo por que o senhor deva ter qualquer reclamação contra essa liga – disse Holmes. – O senhor está cerca de trinta libras mais rico, isso sem falar do conhecimento que adquiriu em assuntos que começam com a letra "A". Não perdeu nada com isso.

– Não mesmo, senhor, mas quero saber mais sobre a liga. Quem são as pessoas que participam dela, e qual foi o motivo para me pregarem tal

Sir Arthur Conan Doyle

peça, se é que foi isso. Foi uma piada muito cara para a liga.

— Vamos tentar esclarecer esses pontos. Mas, primeiro, uma ou duas perguntas, senhor Wilson. Há quanto tempo esse seu assistente está com o senhor?

— Ele estava trabalhando para mim havia cerca de um mês quando comecei a trabalhar na liga.

— Como ele veio?

— Em resposta a um anúncio.

— Ele era o único candidato?

— Não, eu tinha uma dúzia deles.

— Por que o senhor o escolheu?

A liga dos cabeça vermelhas

— Porque ele seria muito útil e sairia barato.

— Com metade do salário, na verdade.

— Sim.

— Como é esse Vincent Spaulding?

— Pequeno, robusto, muito rápido em seus modos e sem barba na cara, embora tenha mais de trinta anos. Ele tem uma mancha esbranquiçada na testa.

Holmes se endireitou na cadeira, empolgado.

– Achei que sim – disse ele. – O senhor já notou se as orelhas dele são furadas?

– Sim, senhor. Ele me disse que tinham lhe furado as orelhas quando ele era menino.

– Certo – disse Holmes, voltando a pensar profundamente. – Ele ainda está com o senhor?

– Ah, sim.

– E está cuidando dos negócios enquanto o senhor está fora?

– Está. Não tenho motivos para reclamar sobre ele cuidando das

A liga dos cabeça vermelhas

coisas. Nunca há muito o que fazer de manhã.

– Acho que já ouvimos tudo o que precisávamos – respondeu meu amigo. – Obrigado. Terei todo o gosto em lhe dar uma opinião sobre o assunto dentro de um ou dois dias, senhor Wilson. Hoje é sábado e espero que na segunda-feira possamos chegar a uma conclusão.

Quando nosso visitante nos deixou, Holmes me disse:

– Bem, Watson. O que acha de tudo isso?

– Não sei o que dizer – respondi com sinceridade. – É um assunto muito misterioso.

Sir Arthur Conan Doyle

– Lembre-se de que – disse Holmes –, quanto mais bizarra uma coisa é, menos misteriosa ela acaba se mostrando. São os crimes comuns os que realmente intrigam.

Eu já o tinha ouvido dizer isso antes, mas não ajudou no meu raciocínio.

– O que você vai fazer então?

– Eu preciso considerar o assunto. Peço que não fale comigo por cinquenta minutos.

Ele se encolheu em sua cadeira com os joelhos finos dobrados debaixo do nariz de falcão, e lá ficou sentado com os olhos fechados e o

A liga dos cabeça vermelhas

cachimbo de barro preto despontando como se fosse o bico de uma ave estranha.

Achei que ele tinha adormecido e estava mesmo cochilando quando, de repente, saltou da cadeira com expressão decidida e pousou o cachimbo sobre a lareira.

— O violinista Sarasate está tocando no St. James' Hall esta tarde — disse ele. — Poderia dispensar seus pacientes por algumas horas?

Sir Arthur Conan Doyle

– Não tenho nada para fazer hoje.

– Então coloque seu chapéu e venha. Vamos passar perto do centro da cidade e podemos almoçar no caminho. Acredito que haja uma boa parte de música alemã no programa, que é um pouco mais do meu gosto do que as músicas italianas ou francesas. Venha comigo!

Capítulo seis

Fiquei feliz com a perspectiva de uma tarde agradável e surpreso que Holmes me pedisse para acompanhá-lo. Ele frequentemente preferia sua própria companhia.

Viajamos de metrô até Aldersgate, e uma curta caminhada nos levou à Saxe-Coburg Square, cenário da estranha história que tínhamos ouvido naquela manhã.

Sir Arthur Conan Doyle

Era um lugar pobre, onde quatro fileiras de sobrados miseráveis de tijolinhos faziam frente para uma pequena praça que continha um gramado cheio de ervas daninhas e algumas moitas de loureiros desbotados. A construção da esquina, que exibia uma placa marrom com o nome *Jabez Wilson* em letras brancas, mostrava o local onde nosso cliente ruivo conduzia seus negócios. Holmes parou em frente ao estabelecimento com a cabeça inclinada para o lado e deu uma espiada, seus olhos brilhavam. Em seguida, ele caminhou devagar pela rua e depois desceu mais uma

A liga dos cabeça vermelhas

vez até a esquina, ainda olhando para as casas. Depois, voltou à casa de penhores e bateu vigorosamente na calçada com sua bengala duas ou três vezes, para minha confusão. Por fim, Holmes foi até a porta e bateu. Foi imediatamente aberta por um jovem de aparência alegre e sem barba, que lhe pediu para entrar.

Sir Arthur Conan Doyle

— Obrigado — disse Holmes. — Eu só gostaria de saber como fazemos para ir daqui até Strand.

— Terceira à direita, quarta à esquerda — respondeu o assistente prontamente, fechando a porta.

— Sujeito inteligente — observou Holmes enquanto nos afastávamos.

— Você decerto acredita que o assistente do senhor Wilson é uma peça importante desse mistério. Tenho certeza de que você pediu instruções apenas para vê-lo.

— Não ele.

— O que então?

— Os joelhos das calças dele.

A liga dos cabeça vermelhas

— E o que você viu?

— O que eu esperava ver.

— Por que você bateu com a bengala na calçada?

— Meu caro doutor, este é um momento para observação, não para conversar. Somos espiões em território inimigo. Já sabemos algo sobre a Saxe-Coburg Square. Agora, vamos explorar a área ao redor.

Achei que poderia ter observado melhor se soubesse o que estava procurando, mas tinha consciência de que não deveria discutir com Holmes em um momento como aquele. Viramos a esquina e nos

Sir Arthur Conan Doyle

encontramos em uma rua muito diferente. Era uma das principais vias de trânsito de Londres, que conduzia ao norte e ao oeste. A rua estava apinhada por um enorme fluxo de veículos entrando e saindo do centro da cidade, enquanto as

A liga dos cabeça vermelhas

calçadas estavam pretas com um enxame de pedestres. Era difícil acreditar que as boas lojas e negócios ao longo daquela rua a conectassem com a praça monótona e decadente que tínhamos acabado de deixar para trás.

Sir Arthur Conan Doyle

– Deixe-me ver – disse Holmes, parando na esquina. – Eu só gostaria de lembrar a ordem das casas aqui. É um hobby meu ter um conhecimento exato de Londres. Há a Mortimer's, a tabacaria; a pequena loja de jornais; a filial em Coburg do Banco da Cidade; o restaurante Vegetariano e o McFarlane's, Construtor de Carruagens. "E agora que fizemos nosso trabalho, doutor, é hora de brincar. Um sanduíche e uma xícara de café e então vamos para a terra do violino, onde tudo é doçura e harmonia, e não há clientes ruivos para nos incomodar com seus quebra-cabeças."

A liga dos cabeça vermelhas

Meu amigo não era apenas um violinista entusiasmado e talentoso, mas também um compositor. Durante toda a tarde, ele ficou sentado no camarote completamente feliz, agitando suavemente seus longos dedos finos no ritmo da música. Seu rosto com um sorriso gentil e olhos sonhadores eram muito diferentes dos do detetive Sherlock Holmes, o perspicaz agente criminal. Fiquei maravilhado com a forma como ele conseguia sentir tanto prazer na ociosidade e, ao mesmo tempo, ser tão exato e motivado, mas me ocorreu que tais características eram como os

Sir Arthur Conan Doyle

dois lados de uma mesma moeda. A paixão de Holmes pela música só era acompanhada pela paixão que tinha por seu trabalho; seu mergulho em um era frequentemente contraposto pelo entusiasmo no outro. Quando o vi naquela tarde, tão envolvido com a música em

A liga dos cabeça vermelhas

St. James' Hall, eu sentia que maus bocados estavam prestes a acometer aqueles que ele se propunha a caçar.

— Você já quer ir para casa, doutor? – disse ele quando saímos da sala de concertos.

— Sim, seria bom.

— Eu tenho negócios a tratar que levarão algumas horas. Esse assunto na Saxe-Coburg Square é sério.

— Por que sério?

— Um possível crime está sendo planejado. Tenho todos os motivos para acreditar que chegaremos a tempo de impedi-lo, mas o fato de hoje ser sábado complica bastante

Sir Arthur Conan Doyle

as coisas. Vou querer sua ajuda
esta noite.

— A que horas?

— Dez horas será cedo o suficiente.

— Estarei em Baker Street às dez.

— Muito bem, doutor. – Holmes
acenou, girou nos calcanhares e
desapareceu em um instante entre a
multidão.

Eu não achava que fosse mais
obtuso do que uma pessoa comum,
mas sempre me sentia um pouco
tolo quando estava com Sherlock
Holmes. Eu tinha ouvido o que
ele tinha ouvido, eu tinha visto o
que ele tinha visto, mas por

A liga dos cabeça vermelhas

suas palavras era evidente que ele
entendia claramente não apenas o
que havia acontecido, mas também o
que estava para acontecer.
Eu, por outro lado,
ainda não conseguia
entender aquele
quebra-cabeça.

Capítulo sete

Enquanto seguia de carruagem para minha casa em Kensington, pensei em tudo, desde a extraordinária história do copiador ruivo da *Enciclopédia Britânica* até a visita na Saxe-Coburg Square e as palavras agourentas ditas por Holmes. O que seria essa expedição noturna? Para onde íamos e o que faríamos? Eu tinha a dica de Holmes

A liga dos cabeça vermelhas

de que o assistente do penhorista, o que tinha o rosto liso, era um homem formidável que poderia jogar um jogo astuto. Tentei decifrá-lo, mas desisti em desespero e tirei isso da cabeça até que a noite trouxesse uma explicação.

Eram nove e quinze quando saí de casa e atravessei o Hyde Park e a Oxford Street até a Baker Street. Dois cabriolés estavam parados na porta e, quando entrei no corredor, ouvi o som de vozes acima.

Ao entrar nas dependências de Holmes, encontrei-o conversando animadamente com dois homens, um dos quais reconheci como Athelney Jones, um detetive da Scotland Yard. O outro era um homem alto, magro, de rosto triste, com uma cartola muito brilhante e uma sobrecasaca respeitável.

Chicote de caça

Minha arma de preferência. Leve e portátil. Útil por causa da velocidade. Passa facilmente despercebido. O chicote carregado é mais eficaz – mesma aparência, mas tem uma haste preenchida de chumbo.
O uso original dos chicotes é controlar um cavalo, em conjunto com a voz, pernas e a posição na sela.

A liga dos cabeça vermelhas

– Rá! Nosso grupo está completo – disse Holmes, abotoando a sobrecasaca e pegando seu pesado chicote de caça da prateleira.
– Watson, você já conhece o senhor Jones, da Scotland Yard. Deixe-me apresentá-lo ao senhor Merryweather, que será nosso companheiro na aventura desta noite.

– Vamos caçar em pares novamente, doutor – disse Jones.
– Nosso amigo Holmes é o homem mais indicado para começar uma perseguição. Tudo o que ele quer é um cachorro velho para ajudá-lo na corrida final.

– Espero que nossa perseguição não seja infundada – observou o senhor Merryweather, sombriamente.

– O senhor pode confiar no senhor Holmes – disse Jones, altivo. – Ele tem seus próprios pequenos métodos que são, se ele não se importa que eu diga, um pouco fantásticos demais,

A liga dos cabeça vermelhas

mas Holmes tem as qualidades de um detetive. Uma ou duas vezes, como no caso do assassinato de Sholto e do Tesouro de Agra, ele foi mais certeiro do que a força policial oficial.

– Oh, se o senhor diz, senhor Jones... – afirmou o estranho, com respeito. – Mesmo assim, confesso que sinto falta do meu jogo de bridge. É a primeira noite de sábado em trinta e sete anos que não jogarei.

– Acho que o senhor vai descobrir – disse Holmes – que jogará por uma aposta mais alta esta noite, e o jogo será mais emocionante. Para o senhor Merryweather, a aposta será de cerca de trinta mil libras; já você, Jones, colocará as mãos no homem que tanto deseja.

– John Clay, o assassino, ladrão e falsificador – disse Jones.

– Ele é um jovem, senhor Merryweather, mas está no auge de sua profissão e eu sempre almejei que minhas algemas estivessem nele mais do que em qualquer criminoso em Londres.

– John Clay é um homem notável. Seu avô foi um duque e ele próprio estudou no Eton College e em

A liga dos cabeça vermelhas

Oxford. Seu cérebro é tão astuto quanto seus dedos e, embora encontremos sinais dele a cada passo, nunca sabemos onde encontrar o homem. Em uma semana, ele pode estar fazendo um assalto na Escócia e, na outra, levantando dinheiro para construir um orfanato na Cornualha. Eu estou no seu encalço há anos e nunca coloquei os olhos nele ainda.

– Espero ter o prazer de apresentá-lo ao senhor esta noite – disse Holmes. – Eu também tive um ou dois pequenos desentendimentos com o senhor John Clay. Porém, já

Sir Arthur Conan Doyle

passa das dez e é hora de partirmos. Os dois cavalheiros podem pegar o primeiro cabriolé, pois Watson e eu seguiremos no segundo.

   Holmes não falou durante a longa viagem e recostou-se cantarolando as músicas que tinha ouvido à tarde. Nós sacudimos entre o labirinto infinito de ruas iluminadas a gás até que emergimos na Farringdon Street.

   – Estamos perto agora – comentou meu amigo. – Esse sujeito, Merryweather, é diretor de banco

A liga dos cabeça vermelhas

e está pessoalmente interessado no assunto. Achei que seria bom ter Jones conosco também. Suponho que ele não seja um mau sujeito, embora seja um idiota absoluto em sua profissão, como tenho certeza de que você já deve ter notado. Ele tem uma virtude positiva, no entanto. O homem é tão corajoso quanto um buldogue e tão tenaz como uma lagosta, isso se enfiar as garras em alguém. Chegamos, e eles estão esperando por nós.

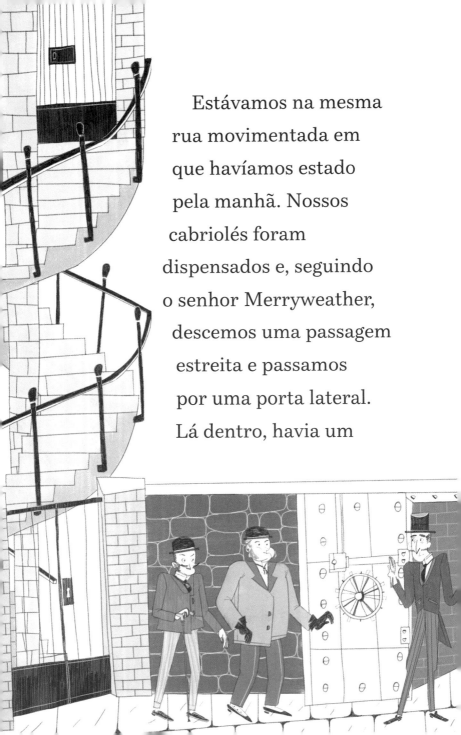

Estávamos na mesma rua movimentada em que havíamos estado pela manhã. Nossos cabriolés foram dispensados e, seguindo o senhor Merryweather, descemos uma passagem estreita e passamos por uma porta lateral. Lá dentro, havia um

A liga dos cabeça vermelhas

pequeno corredor, que terminava em um enorme portão de ferro. Este conduzia a um lance de degraus de pedra sinuosos, que terminava em outro grande portão. O senhor Merryweather acendeu uma lanterna e então nos conduziu por uma passagem escura com cheiro de terra e, depois de abrir uma terceira porta, para um enorme salão abobadado.

Sir Arthur Conan Doyle

— De cima, ninguém poderia acessar esta sala — Holmes comentou enquanto segurava a lanterna e olhava para os caixotes e enormes caixas empilhados ao redor do espaço.

— Nem de baixo — disse o senhor Merryweather, batendo com o taco nas pedras do pavimento que revestiam o chão. Ele olhou para cima com surpresa. — Ora, puxa vida, parece um tanto oco!

— Eu peço ao senhor que faça um pouco mais de silêncio — disse Holmes, em tom severo. — O senhor já colocou em risco todo o sucesso de nossa expedição. Posso pedir que

A liga dos cabeça vermelhas

se sente em uma dessas caixas e não interfira?

O solene senhor Merryweather se empoleirou em um caixote com uma expressão muito magoada no rosto, enquanto Holmes se ajoelhava e, com a lanterna e a lupa, começava a examinar minuciosamente as rachaduras entre as pedras.

Sir Arthur Conan Doyle

Depois de alguns segundos, Holmes se levantou de um salto e colocou a lupa no bolso.

– Temos pelo menos uma hora de espera – disse ele. – Eles não vão poder fazer muita coisa até que o bom penhorista esteja na cama. Depois, não perderão um minuto sequer, pois quanto mais cedo fizerem seu trabalho, mais tempo terão para a fuga.

Holmes olhou para mim.

– Doutor, você sem dúvida deve ter percebido que estamos no cofre da filial de um dos principais bancos de Londres. O senhor Merryweather

A liga dos cabeça vermelhas

é o presidente do conselho de
diretores, e ele vai explicar a você
as razões pelas quais os criminosos
mais ousados de Londres podem
estar interessados neste cofre no
momento.

– É o nosso ouro francês
– acrescentou o diretor. –
Recebemos vários avisos
de que pode ser feita uma
tentativa de roubá-lo.

– Seu ouro francês?

– Sim. Há alguns
meses, para fortalecer
nossos recursos,
tomamos emprestadas

trinta mil moedas Napoleão de ouro do Banco da França. Porém, não tivemos necessidade de desempacotar o dinheiro e ele ainda está em nosso cofre. A caixa em que estou sentado contém dois mil Napoleões de ouro acondicionados entre camadas de folha de chumbo. Nossa reserva de ouro é muito maior do que normalmente manteríamos em uma filial, e os diretores estavam preocupados com isso.

– E com razão – disse Holmes. – Mas agora é hora de focarmos em nosso pequeno plano. Espero que dentro de uma hora as coisas

A liga dos cabeça vermelhas

cheguem ao auge. Enquanto isso, senhor Merryweather, devemos cobrir a lanterna.

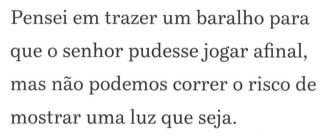

— E ficarmos sentados no escuro?

— Temo que sim. Pensei em trazer um baralho para que o senhor pudesse jogar afinal, mas não podemos correr o risco de mostrar uma luz que seja.

— Em primeiro lugar – continuou Holmes –, devemos escolher as nossas posições. São homens arrojados e, embora os peguemos de surpresa, podem nos causar algum mal, a menos que tenhamos cuidado. Eu ficarei atrás desta caixa, e o senhor deve se esconder atrás daquelas. Então, quando eu piscar uma luz sobre eles, aproxime-se rapidamente.

Holmes fechou a tampa da lanterna e nos deixou na escuridão total – uma escuridão que eu nunca tinha experimentado antes. O cheiro de metal quente permanecia, o que nos garantia que a luz ainda estava lá, pronta para brilhar a qualquer momento. Havia algo deprimente na penumbra repentina e no ar frio e úmido do cofre.

A liga dos cabeça vermelhas

– Eles têm apenas uma rota de fuga – sussurrou Holmes. – É pela casa na Saxe-Coburg Square. Espero que tenha feito o que eu pedi, Jones.

– Sim, há um inspetor e dois policiais esperando na porta da frente.

– Então, bloqueamos todas as saídas. Agora só devemos ficar em silêncio e esperar.

Capítulo oito

Parecia quer tinha passado um longo tempo! Na verdade, durou apenas uma hora e quinze minutos, mas tive a sensação de que já tinha passado a maior parte da noite. Meus braços e pernas estavam cansados e rígidos, pois eu tinha medo de me mover e fazer qualquer barulho. Meus nervos estavam em frangalhos e minha audição estava

A liga dos cabeça vermelhas

tão aguçada que eu conseguia ouvir a respiração de meus companheiros. Passei o tempo aprendendo a distinguir entre a respiração mais profunda e pesada de Jones e o som fino e suspirante do diretor do banco.

De repente, meus olhos captaram o brilho de uma luz.

No início, era uma faísca fraca na calçada de pedra. Então, ela se alongou até se tornar uma linha

Sir Arthur Conan Doyle

amarela e, logo em seguida, sem qualquer aviso ou som, pareceu se expandir. Uma mão apareceu. A delicada mão branca apalpou o centro da pequena área de luz por um minuto ou mais. Subitamente, ela foi retirada e tudo ficou escuro de novo, exceto por uma única faísca, que marcava uma fenda entre as pedras.

A mão desapareceu por apenas um momento. Em seguida, com um som dilacerante, uma das grandes pedras brancas foi empurrada de lado e deixou um buraco quadrado e aberto por onde fluía a luz de uma lanterna. Um rosto juvenil bem definido apareceu pela beirada.

A liga dos cabeça vermelhas

O rapaz olhou em volta e, então, com uma mão de cada lado do buraco, ergueu-se na altura dos ombros e da cintura até que conseguiu apoiar o joelho na borda. Em outro instante, ele parou ao lado do buraco e começou a puxar um companheiro; era alguém tão ágil e pequeno quanto ele, com rosto pálido e uma cabeleira ruiva.

– Está tudo limpo – sussurrou ele. – Você está com

o cinzel e os sacos... Ótimo Scott!
Pule, Archie!

Neste momento, Sherlock Holmes
saltou e agarrou o intruso pelo
colarinho. O outro mergulhou no
buraco e ouvi o som de tecido se
rasgando quando Jones agarrou suas
roupas. A luz brilhou no cano de um
revólver, mas o chicote de caça de
Holmes atingiu o pulso do homem e
a arma retiniu no chão de pedra.

– Não adianta, John Clay – disse
Holmes. – Você não tem chance
alguma.

– É o que parece – respondeu
o criminoso, com a maior frieza.

Sir Arthur Conan Doyle

– Acho que meu amigo está bem, embora eu veja que você está com partes do casaco dele.

– Há três homens esperando por ele na porta – disse Holmes.

– Oh, é verdade?! Você foi bem minucioso. Devo cumprimentá-lo.

A liga dos cabeça vermelhas

— E eu a você — Holmes respondeu. — Sua ideia ruiva foi muito nova e eficaz.

Olhei para Jones e para o senhor Merryweather para ver se eles estavam tão confusos quanto

Sir Arthur Conan Doyle

eu com o tom da conversa entre Holmes e Clay.

Enquanto o administrador do banco e eu observávamos, Jones se atrapalhava com um par de algemas.

– Você verá seu amigo novamente em breve – disse ele a Clay. – Ele é mais rápido em descer buracos do que eu. Apenas estenda suas mãos para que eu possa colocar as algemas.

– Eu imploro que não me toque com suas mãos imundas – disse nosso prisioneiro enquanto as algemas batiam em seus pulsos. – Você pode não saber, mas corre sangue real nas minhas veias.

A liga dos cabeça vermelhas

Tenha a bondade de se dirigir a mim dizendo "senhor" e "por favor".

– Tudo bem – disse Jones, com um olhar fixo e uma risadinha. – Bem, por favor, senhor, marche escada acima, onde pegaremos um cabriolé para levar Vossa Alteza à delegacia de polícia.

Sir Arthur Conan Doyle

– Assim é melhor – disse John Clay, serenamente. Ele fez uma reverência abrupta para nós três e saiu em silêncio sob a custódia do detetive.

O súbito alívio por tudo ter acabado me fez apreciar o sarcasmo de Jones; então, eu dei um sorriso.

– Senhor Holmes – disse o senhor Merryweather, enquanto seguíamos para fora do cofre. – Não sei como o banco poderia lhe agradecer ou mesmo

A liga dos cabeça vermelhas

retribuir. Não há dúvida de que o senhor detectou e derrotou uma das tentativas mais determinadas de assalto a banco que já vi.

– Eu tinha uma ou duas pequenas contas para acertar com o senhor John Clay – disse Holmes. – Tive uma pequena despesa na minha investigação, que espero que o banco pague, mas, fora isso, eu me sinto recompensado. Tive uma experiência única em muitos aspectos e ouvi a história notável da Liga dos Cabeças Vermelhas.

Capítulo nove

— Veja, Watson — explicou Holmes nas primeiras horas da manhã, enquanto nos sentávamos tomando nossas xícaras de chá em Baker Street —, era perfeitamente óbvio para mim que o anúncio e a tarefa de copiar a *Enciclopédia Britânica* tinham sido concebidas para tirar o senhor Wilson

A liga dos cabeça vermelhas

do caminho por algumas horas,
todos os dias. Foi uma maneira
curiosa de conseguir fazer isso, mas
seria difícil sugerir uma melhor.
Clay provavelmente teve a ideia
pela cor do cabelo
de seu cúmplice.
As quatro libras
semanais eram uma
isca que atrairia seu alvo, e o
valor não significaria muito
para eles, afinal, os criminosos
pretendiam conseguir milhares!

Achei ter detectado um toque de
respeito na voz de Holmes. Era por
isso que ele tinha sido tão agradável
com Clay durante sua captura!

Sir Arthur Conan Doyle

Da mesma forma que Holmes não tinha medo de expressar críticas, ele sempre reconhecia o brilho dos outros. Até eu tinha de admitir que o plano de Clay era de uma particular inteligência.

Holmes continuou.

– Eles colocaram no anúncio. Um malandro oferece o cargo temporário, o outro incentiva o senhor Wilson a se candidatar e, juntos, garantem sua ausência todas as manhãs durante a semana. Desde o momento em que soube que o assistente tinha vindo por metade do salário, ficou óbvio para mim

A liga dos cabeça vermelhas

que ele tinha um forte motivo para conseguir o emprego.

— Mas como você conseguiu adivinhar qual foi o motivo?

— O negócio do senhor Wilson era pequeno e não havia nada em sua casa que pudesse motivar preparativos tão elaborados e tal custo. Devia ser algo fora de casa. O que poderia ser? Pensei no gosto do assistente pela fotografia e em seu hábito de desaparecer no porão. Ele estava fazendo algo lá que demorava muitas horas por dia, durante meses a fio. Não consegui pensar em nada, exceto que ele devia estar escavando um túnel para algum outro prédio.

Eu concordei. Analisando toda a situação agora, parecia tudo perfeitamente lógico.

– Quando fomos visitar o local da ação, eu bati na calçada com minha bengala

para ver se o porão se estendia para a frente ou para trás. Não ficava na frente. Então toquei a campainha e, como esperava, o assistente abriu. Tivemos alguns desentendimentos, mas nunca tínhamos nos visto

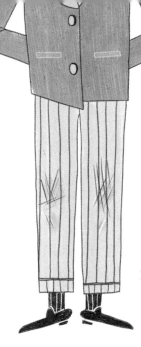 pessoalmente antes. Eu mal olhei para o rosto dele, porque eram seus joelhos o que eu queria ver. Você deve ter notado como as pernas das calças estavam gastas, amarrotadas e sujas. Eram a prova de longas horas de escavação. O único detalhe que faltava era descobrir até onde ele estava cavando. Virei a esquina, vi o Banco da Cidade unido às instalações da casa de penhores e senti que havia solucionado o

A liga dos cabeça vermelhas

problema. Quando você voltou para casa após o concerto, visitei a Scotland Yard e o presidente dos diretores do banco, chegando ao resultado que você presenciou.

— E como você sabia que eles fariam a tentativa esta noite?

— Bem, quando eles fecharam o escritório da liga, isso foi um sinal de que não se importavam mais com a presença do senhor Jabez Wilson na casa de penhores. Em outras palavras, eles tinham completado o túnel. Era essencial, porém, que eles realizassem o roubo antes que o túnel fosse descoberto ou que o ouro fosse tirado dali.

– E sábado seria mais adequado para o roubo do que qualquer outro dia – disse eu –, já que os criminosos teriam dois dias para realizar o serviço e escapar.

– Precisamente – disse Holmes. – Por todas essas razões, eu esperava que eles viessem esta noite.

– Não consigo encontrar uma única falha no seu raciocínio – exclamei com admiração. – É uma trama tão longa e, ainda assim, todos os elos se encaixam.

A liga dos cabeça vermelhas

— Isso me salvou do tédio – ele respondeu, bocejando. – Ah, não! Já sinto o sono me abatendo. Passo meus dias em um longo esforço contínuo para escapar da banalidade da vida. Esses pequenos problemas me ajudam bastante.

– E ao fazer isso, você ajuda os outros com seus problemas.

Ele encolheu os ombros.

– Bem, afinal, eu talvez tenha alguma utilidade.

Detetive Sherlock Holmes

O detetive particular de renome mundial, Sherlock Holmes, resolveu centenas de mistérios e é o autor de estudos fascinantes como *Os primeiros mapas ingleses* e *A influência de um ofício na forma da mão*. Além disso, ele cria abelhas em seu tempo livre.

Doutor John Watson

Ferido em ação em Maiwand, o doutor John Watson deixou o exército e mudou-se para Baker Street, 221B. Lá ele ficou surpreso ao saber que seu novo amigo, Sherlock Holmes, enfrentava o perigo diário de resolver crimes, então começou a documentar as investigações dele. O doutor Watson atende em um consultório médico.